撰稿：

苗红梅　庞博　陈雷

插画绘制：

肖猷洪　郑作鲲　雨孩子　兰钊

王茜茜　李未名

设计：

马睿君　刘慧静　高晓雨

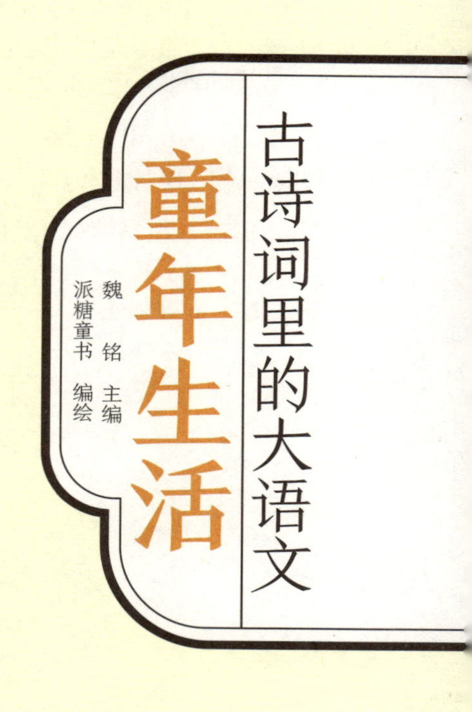

古诗词里的大语文

童年生活

魏　铭　主编
派糖童书　编绘

化学工业出版社
·北京·

图书在版编目（CIP）数据

古诗词里的大语文. 童年生活/魏铭主编；派糖童书编绘. —北京：化学工业出版社，2021.4

ISBN 978-7-122-38379-2

Ⅰ.①古… Ⅱ.①魏… ②派… Ⅲ.①古典诗歌-中国-儿童读物 Ⅳ.①I207.227.42-49

中国版本图书馆CIP数据核字（2021）第016984号

责任编辑：陈　曦　　　　装帧设计：派糖童书

责任校对：赵懿桐

出版发行：化学工业出版社（北京市东城区青年湖南街13号　邮政编码100011）

印　　装：北京宝隆世纪印刷有限公司

710mm×1000mm　1/16　印张11　　2022年1月北京第1版第1次印刷

购书咨询：010-64518888　　　　售后服务：010-64518899

网　　址：http：//www.cip.com.cn

凡购买本书，如有缺损质量问题，本社销售中心负责调换。

定　　价：49.80元

前言

诗词是豁达的，它饱含着诗人的各种情怀；孩子们的世界是色彩斑斓的，充溢着浓浓的童真。当诗词遇见童真，随之流淌出来的，也必是令人热泪盈眶、备感温暖的真情。有些诗人，不管是饱经风霜，还是历尽千帆，他们仍会在童真的感染下，变得活泼、可爱起来。

童年真好，真难得，真该好好珍惜。

和现在的小朋友相比，古代小朋友的世界里没有手机、没有电脑，甚至缺少很多玩具，但是他们的童年也足够精彩。他们会在冬天的早上从铜盆里取出冰块，再用“彩丝穿取当银钲(zhēng)”；还会在“草长莺飞二月天”之时，“忙趁东风放纸鸢(yuān)”；他们可以在乡间小路上自由自在地“急走追黄蝶”，也会窝在家里全神贯注地“敲针作钓钩”……透过诗词，我们可以和古代的小朋友一起做游戏，感受他们鲜活的生命力和纯真的天性。

以童年为主题的古诗词往往极其质朴、纯粹，用词清新简单，充满童趣，这是古诗词中美妙的一页，值得每个孩子静下心来好好品读，也建议爸爸、妈妈陪孩子一起阅读。虽然这些诗词里记录的童年趣事已经跨越千百年，但这些充满生命力的文字并不会随时间老去，这些诗词里，随处可以让人感到童稚无邪，到处都是人与自然和谐相处的画面，总是洋溢着欢声笑语。更有趣的是，诗词里孩子们所玩的玩具更是历史久远，比如我们司空见惯的风筝，已经飘飞了两千多年；夏商时期人们就创造了钓鱼的工具；竹马在汉代就已经广泛流传……这些妙不可言的物件儿，都是中国古人智慧的结晶，经过一代又一代的传承与不断改进，它们也悄悄地来到我们身边，走进我们的生活里。

翻开这本书，我们一起体会诗词的灵动、轻松、惬（qiè）意。诗词里有更广阔的世界，诗词的意境绝不限于简短的文字之中，只要认真品读、倾听，你就会觉得诗词仿佛是一位亲密的朋友，诉说着遥远的故事，为你讲述诗人的那份情怀。

目录

村居

cūn jū

〔清〕高鼎

cǎo zhǎng yīng fēi èr yuè tiān
草长莺①飞二月②天，

fú dī yáng liǔ zuì chūn yān
拂堤杨柳醉春烟③。

ér tóng sàn xué guī lái zǎo
儿童散学归来早，

máng chèn dōng fēng fàng zhǐ yuān
忙趁东风放纸鸢④。

·作者简介·

高鼎（1828—1880），字象一，又字拙吾，浙江仁和（今浙江杭州）人，清代诗人。高鼎十分善于描写自然景物，这首诗就充分体现了这一特点。

· 注释 ·

① 莺：黄莺。

② 二月：农历二月。

③ 春烟：春天的空中烟雾般的水汽。

④ 纸鸢：风筝。

· 译文 ·

农历二月，青草发芽吐绿，黄莺来回飞舞，被风吹动的杨柳轻抚堤岸。放学的孩子急急忙忙跑回家，趁着东风放风筝。

·备受欢迎的风筝·

风筝是古代中国人发明的，迄今已有两千多年的历史。直到现在，仍有很多小朋友会像诗中描述的孩子们那样，在课余时间放风筝。

因为风筝的制作相对简单，有些孩子还会和父母或者小伙伴一起，亲手设计、制作专属于自己的风筝，并和小伙伴比赛谁的风筝飞得更高，在这个过程中大家会获得很多快乐。

·风筝的历史·

相传，最早的风筝始于春秋时期。由于当时还没有纸，风筝都是用竹片和薄木制成的，称为“木鸢”。直到东汉的蔡伦改进了造纸术，使纸的制造更加容易，价格也大大降低了，人们才开始把纸应用于风筝上，并有了“纸鸢”的名称。后来，五代时的李邺（yè）想到了以竹为笛装在纸鸢上，放飞纸鸢时，风吹动竹笛，响起的声音像筝的声音一样，因此纸鸢才有了我们都熟悉的俗称——风筝。

在古代，风筝不只是孩子们的专属，它还会被用来测风力和风向，在气象学领域也发挥了很大作用。

夜书所见

（yè shū suǒ jiàn）

〔宋〕叶绍翁

萧萧梧叶送寒声，
江上秋风动客情①。
知有儿童挑②促织③，
夜深篱落④一灯明。

·作者简介·

叶绍翁（1194—1269），字嗣（sì）宗，号靖逸，建宁浦城（今属福建）人，徙（xǐ）居处州龙泉（今属浙江），南宋诗人。“春色满园关不住，一枝红杏出墙来”就是他创作的名句之一。

·注释·

① 客情：游子思乡的心情。

② 挑：用东西拨动。

③ 促织：即蟋蟀，也称蛐蛐。

④ 篱落：篱笆。

·译文·

秋风吹动梧桐叶，带来一丝丝寒意，漂泊在外的游子思念起自己的家乡。夜已深了，还有儿童点着灯，在篱笆边找蟋蟀。

·爱打架的蛐蛐·

蛐蛐通常以采食地上的果实、种子为生，这就意味着，蛐蛐占领的地盘越大，就越有可能获取更多食物，成年后吸引异性的机会就越大。所以，为了争夺地盘，雄性蛐蛐之间就免不了要大战。

人们为了增强斗蛐蛐这一游戏过程的激烈程度，经过长期的品种筛（shāi）选，故意将好斗的蛐蛐保留，培养出了适合战斗的蛐蛐。

·斗蛐蛐·

斗蛐蛐是古代一项娱乐活动。具体玩法是：人们先挑选两只活力充沛的雄蛐蛐，把它们放进同一个罐子里，随后再通过不断挑逗，让它们互相攻击，一决胜负。

不仅大人喜欢这项活动，小朋友也十分喜欢。为了找到战斗力更强的蛐蛐赢得比赛，小朋友经常会在蛐蛐可能出现的地方仔细寻找，甚至会像诗中描写的那样，一直找到夜深时分也不放弃。

旅寓洛南村舍（节选）

lǚ yù luò nán cūn shè

〔唐〕郑谷

cūn luò qīng míng jìn
村落清明近，

qiū qiān zhì nǚ kuā
秋千稚女夸。

chūn yīn fáng liǔ xù
春阴①妨柳絮，

yuè hēi jiàn lí huā
月黑见梨花②。

·作者简介·

郑谷（约851－约910），字守愚，袁州宜春（今属江西）人，唐朝末期著名诗人，以《鹧鸪（zhè gū）》诗得名，人称“郑鹧鸪”。

·注释·

① 春阴：春天阴雨连绵的天气。

② 见梨花：看见梨花。

·译文·

乡村中清明节即将到来，小女孩们荡着秋千，轻盈矫健的身影人人都夸。春天阴雨连绵的天气，柳絮难以飞起，昏暗的月夜里，却能看见白色的梨花。

·秋千起源·

荡秋千是深受古代妇女、儿童喜爱的体育活动。相传是在春秋战国时期，齐桓(huán)公讨伐北方的山戎（róng），从当地带回了秋千，后来逐渐在中原地区流行起来。

早期的秋千是用彩绳悬挂在树上的，所以又叫“彩索”“彩绳”。后来的秋千一般是在结实的木架上悬挂两根绳子，下面拴着一块横着的板子。荡秋千的人坐在板子上，两手握住绳子，前后用力使它摆动。

·荡秋千·

从唐代始，荡秋千还成为清明节时的一种习俗，所以在节日前后荡秋千的人比较多。发展到现在，秋千在我们生活中仍然很常见，小朋友们对这种游戏依然非常喜欢。

淮上渔者

huáishàng yú zhě

〔唐〕郑谷

bái tóu bō shàng bái tóu wēng
白头波①上白头翁②，

jiā zhú chuán yí pǔ pǔ fēng
家逐③船移浦浦④风。

yì chǐ lú yú xīn diào dé
一尺鲈鱼新钓得，

ér sūn chuī huǒ dí huā zhōng
儿孙吹火⑤荻⑥花中。

·作者概况·

郑谷是光启年间进士，官至都官郎中，人们因此还称其为“郑都官”。

·注释·

① 白头波：江上的白浪。

② 白头翁：文中指白头发的老渔翁。

③ 逐：跟随，随着。

④ 浦：水边，岸边。

⑤ 吹火：生火。

⑥ 荻：生在水边的草本植物，形状像芦苇。

·译文·

江上层层波浪翻动，一位白发渔翁以船为家。水边轻风阵阵，渔船随处漂泊。老渔夫刚刚钓得一尺长的鲈鱼，儿孙们在荻花丛中忙着生火准备吃鱼。

· 早期的烤鱼 ·

原始人类发现了火，并发明了“燔(fán)”这种烹（pēng）饪方式，就是把要吃的食物直接放在火上烤。如果古人想用这种方法来烤鱼，就需要先从河里捕鱼，并在岸边准备生火的材料，待把火点燃后，就可以把鱼架在火上烤了。用这种方式，鱼肉会和火焰直接接触，如果距离和时间把握得好，烤出的鱼肉将非常鲜香。

·古代的炙·

古时常见的烹调方法有蒸、煮、烧、烤等。古代把烤肉叫作“炙（zhì）”。炙这种方法，据说来源于古代游牧民族。“炙”字下面是“火”字，上面是肉串的图形，这个字形象地表现出了古人“炙”的方法。

早在隋朝时期，人们就已经知道用石炭、柴火、竹火、草火等炙肉，这样烤出的肉味道有所不同。由此看来，炙可能就是现在烤肉的起源。

·脍炙人口·

“脍（kuài）”指切得很细的肉，“炙”则是指烤熟的肉。孟子曾说“脍炙所同也”，意思是说脍炙是大家都喜欢的东西。成语“脍炙人口”，本意就是脍和炙都是美味的食物，后被用来比喻好的诗文或事物为众人所传诵或喜爱。

小池

xiǎo chí

〔宋〕杨万里

quán yǎn wú shēng xī xì liú
泉眼①无声惜②细流，

shù yīn zhào shuǐ ài qíng róu
树阴③照④水爱晴柔⑤。

xiǎo hé cái lù jiān jiān jiǎo
小荷⑥才露⑦尖尖角，

zǎo yǒu qīng tíng lì shàng tou
早有蜻蜓立上头。

·作者简介·

杨万里（1127—1206），字廷秀，号诚斋。吉州吉水（今江西吉水）人。南宋杰出诗人。

·注释·

①泉眼：泉水的源头出口。

②惜：珍惜，舍不得。

③树阴：树投射到水中的倒影。

④照：映照。

⑤晴柔：晴天柔和的阳光。

⑥小荷：刚刚露出水面的荷叶。

⑦露：露出。

·译文·

泉水无声像舍不得一样细细流淌，树影照在水面上，像是爱恋阳光的温柔。娇嫩的荷叶刚刚从水面露出一点尖角，多情的蜻蜓早就落在它的上头了。

·蜻蜓点水·

追逐蜻蜓，观赏蜻蜓，捕捉蜻蜓，无论哪一种方式，古代小朋友都对蜻蜓表现出了独特的兴趣。

蜻蜓在宁静温柔的湖面上空左右盘旋，偶尔想戏耍一下，就将细长柔韧的长尾弯成弓状伸进水草丛中，一点一点地用尾尖触及水面。湖面像唱片一样，留下了蜻蜓点水的痕迹，荡漾（yàng）出一圈圈波纹。调皮的蜻蜓当然不会被这波纹吓到，你还没见它如何转身，它就已经飞远了。这就是我们常说的“蜻蜓点水”。蜻蜓点水，只是因为蜻蜓调皮吗？当然不是，蜻蜓点水实际上是在产卵。经过上亿年与自然界的磨合，蜻蜓巧妙地将卵直接产入水中或水草上。

蜻蜓卵孵（fū）化出来的幼虫，称为水虿（chài）。水虿长着带爪钩的下唇，方便它们捕食小型水生生物和它们的幼虫。

你恐怕不知道，水蚤还是游泳健将，它们采用喷射水的方式，将腹部的水压缩，水一往后喷，身体就向前冲。

水中的蜻蜓幼虫长大了，会在夜晚悄悄地爬到露出水面的水草或荷叶上面。慢慢地蜕去外皮，变成一只美丽的蜻蜓。等一段时间，它的翅膀干了，就能振翅飞向向往已久的蓝天。

人们乐于观察自然界，并常在自然界中受到启发，悟出一些人生道理。小朋友们观察“蜻蜓点水”时，不要忘记，看书、做事的态度要认真，要深入领会其中道理，切勿浅尝辄（zhé）止，浮于表面。这就是“蜻蜓点水”给我们的启发啊。

江南（jiāng nán）

汉乐府

江南可采莲①，（jiāng nán kě cǎi lián）
莲叶何田田②。（lián yè hé tián tián）
鱼戏莲叶间。（yú xì lián yè jiān）
鱼戏莲叶东，（yú xì lián yè dōng）
鱼戏莲叶西，（yú xì lián yè xī）
鱼戏莲叶南，（yú xì lián yè nán）
鱼戏莲叶北。（yú xì lián yè běi）

·汉乐府简介·

汉乐府是汉代采诗制乐的官署，汉乐府诗经常用于朝廷祭祀（jì sì）或宴会时伴奏。乐府起源于秦朝，是主管宫廷乐律的行政部门，其职责是采集民间歌谣或文人的诗来配乐。

·注释·

① 莲：指荷花，是睡莲科、莲属植物，别名芙蕖、莲花、水芙蓉等。
② 田田：荷叶茂盛的样子。

·译文·

又到了江南采莲的季节，你看那碧绿的荷叶多么茂盛。鱼儿在荷叶间玩耍，一会儿游到荷叶东边，一会儿游到荷叶西边，一会儿游到荷叶南边，一会儿游到荷叶北边。

·采莲·

很多古诗中都有对莲花和采莲活动的描写，可见采莲在古代多么流行了！

有古诗中写道：“接天莲叶无穷碧，映日荷花别样红。”荷花身上遍布宝贝，莲藕（ǒu）和莲蓬可以入菜，荷花更适合观赏。荷花颜色有很多种，有红色、粉红色、白色、绿色、黄色等。荷花的花型也有很多种，主要有单瓣、复瓣、重瓣和千瓣。荷叶碧绿，表面有疏水结构，因此水很难打湿荷叶，而是像露珠一样在荷叶上滚动。

荷花的叶片也分好几种类型，有漂浮在水面上的钱叶，有附着在藕带的节间处的浮叶，有露出水面的立叶。

·抓鱼·

现在我们想要吃鱼，一般都是渔民打捞后经过几番周折运到市场上，我们再从市场上买回家烹饪。古代的小朋友想要吃鱼，可能首先得去傍水的岸边抓鱼。水性好的小朋友，在水边玩耍时，就会抓鱼上岸，这既是游戏，也是生活的手段。

（提示：在水边玩耍要注意安全。）

采莲曲

〔唐〕王昌龄

hé yè luó qún ① yí sè cái ②
荷叶罗裙①一色裁②，

fú róng ③ xiàng liǎn liǎng biān kāi
芙蓉③向脸两边开。

luàn rù ④ chí zhōng kàn bú jiàn ⑤
乱入④池中看不见⑤，

wén ⑥ gē shǐ jué ⑦ yǒu rén lái
闻⑥歌始觉⑦有人来。

·作者简介·

王昌龄（约698—约756），字少伯，京兆长安（今陕西西安）人，一作太原（今山西太原西南）人。盛唐著名边塞诗人，被后人誉为“七绝圣手”。

·注释·

① 罗裙：用细软的丝罗布料制成的裙子。

② 裁：剪裁。

③ 芙蓉：指荷花。

④ 乱入：混入。

⑤ 看不见：分不清。

⑥ 闻：听到。

⑦ 始觉：才知道。

·译文·

采莲少女的绿色罗裙融入荷叶中间，和荷叶颜色一样，少女的脸庞与荷花，相互映照。少女深入荷花池中不见了，岸上的人听到歌声才知道有人过来。

·采莲的最佳时节·

采莲分为采摘莲蓬和挖莲藕。莲蓬里面有莲子，味道先苦后甜，是食材，也是良药。采莲蓬的最佳时节在夏秋季，从小暑开始，荷塘间就有很多采摘莲蓬的身影。一般秋分前后采完。而挖莲藕一般是从秋季开始，经过夏季的成长，躺在水下淤泥里的莲藕成熟了。这时候，农民伯伯就要下到荷塘里，把鲜美的藕从泥里挖出来。在泥水里挖藕，是十分辛苦的工作。

· 古代女子上学 ·

中国古代女子是不能进入学堂读书的，所以大多数女孩子无法接受教育，只有少数有钱的大户人家或官宦（huàn）人家，会单独请教书先生到家里进行授课。

除了这些有幸能够学习文化的女子之外，古代的大多数女孩子每天不是在劳动，就是在去劳动的路上。女红（gōng）针黹（zhǐ）、农活杂事，是她们每天都要做的事情。

qīng píng yuè cūn jū

清平乐①·村居

〔宋〕辛弃疾

máo yán dī xiǎo xī shàng qīng qīng cǎo zuì lǐ wú yīn
茅檐低小，溪上青青草。醉里吴音②
xiāng mèi hǎo bái fà shéi jiā wēng ǎo
相媚好③，白发谁家翁媪④？
dà ér chú dòu xī dōng zhōng ér zhèng zhī jī lóng zuì xǐ
大儿锄豆溪东，中儿正织鸡笼。最喜
xiǎo ér wú lài xī tóu wò bō lián péng
小儿亡赖⑤，溪头卧剥莲蓬。

·作者简介·

辛弃疾（1140—1207），原字坦夫，后改字幼安，号稼轩（jià xuān），南宋词人。他的作品艺术风格多样，而以豪放为主。

·注释·

① 清平乐：词牌名，为宋词常用词牌。

② 吴音：指江西上饶一带的口音，这一带在春秋时属于吴国。

③ 相媚好：听来亲切悦耳。

④ 媪：年老的妇女。

⑤ 亡赖：同“无赖”，这里是既顽皮又显得很可爱的意思。

·译文·

草屋的茅檐又低又小，潺（chán）潺流淌的小溪边长满了碧绿的青草。一对白发老夫妻坐在一起用吴地方言聊天，声音听起来亲切悦耳。

大儿子在小溪东边的豆地锄草，二儿子在忙着编织鸡笼，最有趣的是小儿子顽皮可爱，卧在溪头草地上剥莲蓬。

·古代人的"零食"·

对于古代小朋友来说，如果能找到一个莲蓬，剥开吃里面的莲子，这大概就是一种很不错的"吃零食"体验了。宋代人们对"果品"的概念也和我们不同，像藕、菱角、莲子之类的，在当时都属于水果。

对于果品，宋代人也有各种加工技术。单就荔枝来说，就有用盐梅卤（lǔ）浸渍（jìn zì）的红盐法、用烈日晒干的日晒法以及用蜜来煮的蜜煎法。这样做出的荔枝其味道各有特点，这体现了当时劳动人民的创意和智慧。

·莲蓬和莲子·

莲蓬就是荷花开败后的花托，呈倒圆锥形，里面有莲子。

莲蓬像一只软绵绵的碗，每只莲蓬里“盛着”十几颗莲子。因为莲蓬多子，莲子又和“连子”谐音，古人就觉得这个寓意极好，许多图画和雕刻作品里常有莲蓬、莲子，寓意多子多孙，家族繁盛。

qīng píng yuè jiǎn jiào shān yuán shū suǒ jiàn

清平乐·检校①山园书所见

〔宋〕辛弃疾

lián yún sōng zhú wàn shì cóng jīn zú zhǔ zhàng dōng jiā

连云松竹，万事从今足②。拄杖东家

fēn shè ròu bái jiǔ chuáng tóu chū shú

分社肉，白酒床头初熟③。

xī fēng lí zǎo shān yuán ér tóng tōu bǎ cháng gān mò qiǎn

西风梨枣山园，儿童偷把长竿。莫遣④

páng rén jīng qù lǎo fū jìng chù xián kàn

旁人惊去，老夫静处闲看。

·作者概况·

辛弃疾的词题材广泛，内容丰富，风格以豪放悲壮为主。他是宋代词坛豪放派的代表词人之一。

· 注释 ·

① 检校：核查。

② 足：满足、知足。

③ 初熟：指白酒刚刚酿(niàng)成。

④ 遣：派遣，打发。

· 译文 ·

山园里松竹高大，仿佛和天上的白云相连接，万事从现在开始让人感到满足。拄着拐杖到主持社日祭神的人家分回一份祭肉，刚酿成的白酒散发出淡淡的酒香。

西风吹拂，果园里的梨和枣已经快熟了，几个顽皮的小孩正在偷偷用长竿敲打。不叫家人去惊动了小孩子们，让我在这里静静地看着天真无邪的他们。

·分社肉·

社日是古代农民祭祀土地神的日子，《史记·陈丞相世家》中就曾记载："里中社，平为宰，分肉食甚均。"这段记录表明，每逢社日这一天，四邻相聚，人们屠宰牲口祭祀社神，随后家家户户都会分到一些祭祀用的肉，也就是"社肉"。诗中的这段描述，也从侧面表现了邻里关系和睦（mù），人们相处融洽，愿意共享欢乐。

·打梨枣·

每到水果成熟的季节，小孩子由于难以抵挡果香的诱惑，会调皮地用竹竿敲打树上的梨和枣等水果。在杜甫的《百忧集行》中就有诗句说“庭前八月梨枣熟，一日上树能千回。”这里说的“千回”，用了夸张的修辞手法，生动地记录了自己年少时上树摘梨枣的情景，十分有趣。

古时候水果种类不像现在这样丰富，枣是中国的传统水果之一，主要生长在北方，是普通人家也能吃到的亲民水果。

chí shàng
池上

〔唐〕白居易

xiǎo wá chēng xiǎo tǐng
小娃撑小艇①，

tōu cǎi bái lián huí
偷采白莲②回。

bù jiě cáng zōng jì
不解藏踪迹③，

fú píng yí dào kāi
浮萍④一道开。

·作者简介·

白居易（772—846），字乐天，晚年号香山居士。他是唐代伟大的现实主义诗人，非常关心百姓的疾苦。

·注释·

① 小艇：小船。

② 白莲：白色的莲花。莲花是荷花的别称。

③ 踪迹：指被小艇划开的浮萍。

④ 浮萍：浮在水面上的一种草本植物。

·译文·

一个调皮的小孩撑着小船，偷偷采了白莲归来。不知道怎样掩藏踪迹，只见水面的浮萍轻轻朝两边荡开，留下一道船划过的痕迹。

·出淤泥而不染·

北宋周敦颐在《爱莲说》中写道："出淤泥而不染，濯（zhuó）清涟而不妖。"这是赞美荷花的千古绝句，现在被人们用来形容洁身自好的美德。

其实，荷花及荷叶之所以不容易受到"污染"，是因为在它们表面分布着无数个肉眼看不见的蜡质乳突结构，它可以抵挡污泥浊水的渗入，还能靠水珠的滚动带走脏东西，留下它们干净可爱的模样。

·睡莲·

睡莲属于浮叶植物，茎比较细弱不能直立，所以叶片只能浮在水面上。在公园中睡莲很常见，花朵有白天开放、晚上闭合的作息规律。

·莲花·

莲花和睡莲是同科不同属的水生植物，它们都属于睡莲科，叶子挺出水面的是莲花，而叶子浮在水面上的是睡莲。

·王莲·

王莲也是睡莲科家族的一员，因巨大的叶片而闻名。其叶片直径可达3米以上，有着似伞架般的肋（lèi）条状叶脉，是名副其实的水中大力士，最多可承受六七十千克重的物体而不下沉。

惠崇①春江晚景二首（其一）

huì chóng chūn jiāng wǎn jǐng èr shǒu

〔宋〕苏轼

zhú wài táo huā sān liǎng zhī
竹外桃花三两枝，

chūn jiāng shuǐ nuǎn yā xiān zhī
春江水暖鸭先知。

lóu hāo mǎn dì lú yá duǎn
蒌蒿②满地芦芽③短，

zhèng shì hé tún yù shàng shí
正是河豚④欲上时。

·作者简介·

苏轼（1037—1101），字子瞻，一字和仲，号东坡居士，北宋著名文学家、书法家、画家。

·注释·

① 惠崇：画家，“春江晚景”是惠崇所作画名，此画共两幅，一幅是鸭戏图，一幅是飞雁图。这首诗是苏轼于元丰八年为其中一幅所写的题画诗。

② 蒌蒿：草名，有青蒿、白蒿等种类。

③ 芦芽：芦苇的幼芽，可食用。

④ 河豚：学名“鲀（tún）”，是一种江海洄游的鱼。河豚肉鲜味美，但是内脏等部位有剧毒，需要专业人员处理后才能食用。河豚每年春天逆江而上，在淡水中产卵。

·译文·

竹林外有三两枝桃花刚刚绽放，鸭子在江面上游来游去，它们最先察觉到春天的江水变暖了。满河滩都是蒌蒿菜，芦苇也冒出短短的嫩芽，恰好河豚逆流而上，从大海中游到河里来了。

·挖野菜·

蒌蒿和芦芽都是野菜，可见，挖野菜也是常出现在古代小朋友童年的娱乐活动中的。春天到了，万物生长，很多鲜美的野菜也向阳生长。

《诗经》中的很多作品表现了先秦时期劳动人民的生活和情感。其中有很多关于植物的记载，比如有许多蔬菜的名字，可能放在今天理解起来，总觉得怪怪的，这些菜到底是什么呢?《关雎》里，“关关雎鸠（jū jiū），在河之洲。窈窕（yǎo tiǎo）淑女，君子好逑（hǎo qiú）。参差（cēn cī）荇（xìng）菜，左右流之。窈窕淑女，寤寐（wù mèi）求之”。也许就是美丽的姑娘采摘荇菜时的倩影深深烙（lào）在了诗人心中，才有了这首流传几千年的美丽诗歌。荇菜生长在水里，是萍的一种，叶圆，可以食用，也叫水黄花。萍分三种，大叶的叫“苹”，中叶的叫“荇菜”，小叶的叫“浮萍”。

《卷耳》里写道："采采卷耳，不盈顷筐。嗟（jiē）我怀人，置彼周行。"意思是有个妇人去采摘卷耳，还没有采上一筐，就思念起远方的丈夫了。

《芣苢（fú yǐ）》是一首劳动妇女采芣苢时唱的歌，芣苢就是车前草，现在到了春夏，漫山遍野都能见到。

上面说的这三种《诗经》中的植物都是野菜，古时候没有那么多好吃的，人们想吃饱饭也不容易，普通百姓的餐桌上，野菜恐怕是少不了的角色。

观游鱼

guān yóu yú

〔唐〕白居易

rào chí xián bù kàn yú yóu
绕池闲步①看鱼游，

zhèng zhí ér tóng nòng diào zhōu
正值儿童弄钓舟。

yì zhǒng ài yú xīn gè yì
一种爱鱼心各异，

wǒ lái shī shí ěr chuí gōu
我来施食②尔③垂钩。

·作者概况·

白居易与诗人元稹（zhěn）是亲密的朋友，他们志同道合，诗的风格也相近，因二人诗大多作于唐宪宗元和年间，所以其诗体被当时的人们称为“元和体”。

· 注释 ·

① 闲步：散步。

② 施食：喂食。

③ 尔：你。

· 译文 ·

散步时，我围着池畔看鱼，有个小孩在近旁摆弄钓鱼船。同样是爱鱼，我给鱼喂食，而你是钓鱼。

·古代捕鱼方式·

古代人很喜欢垂钓，夏商时期的文化遗址中就出土了鱼钩、网坠之类的捕鱼工具。古代的王甚至会亲自捕鱼，可见当时人们对渔业的重视程度。据考证，商代人们捕鱼的方法有网捕、垂钓、鱼鹰捕鱼等。

·姜太公钓鱼·

商代时，有个叫姜子牙的人（人称姜太公），他怀才不遇，晚年时每日垂钓于渭水之上等待良主，被求贤若渴的周文王发现后，开始辅佐周王室，最终帮助周武王伐纣成功，建立周朝。后人所传“姜太公钓鱼，愿者上钩”就来源于此。现在，人们用“愿者上钩”来比喻心甘情愿地上当。

古朗月行（节选）

gǔ lǎng yuè xíng

〔唐〕李白

xiǎo shí bù shí yuè
小时不识月，

hū zuò bái yù pán
呼作①白玉盘②。

yòu yí yáo tái jìng
又疑③瑶台④镜，

fēi zài qīng yún duān
飞在青云端。

·作者简介·

李白（701—762），字太白，号青莲居士。唐代伟大的浪漫主义诗人。

·注释·

① 呼作：叫作。

② 白玉盘：白玉做的盘子。

③ 疑：怀疑。

④ 瑶台：传说中仙人居住的地方。

·译文·

小时候不认识天上的月亮，将它叫作白玉盘。又怀疑它是瑶台仙人的明镜，高高挂在青云之上。

·真正的月亮·

月球，俗称月亮，关于它，小朋友可能听到过很多传说。真实宇宙中的月球，是地球唯一的天然卫星，虽然它自己不发光，但却可以反射太阳的光芒。所以随着太阳、月亮和地球相对位置的不断变化，我们便可以从地球上看到多种月相的变化。

·敬畏自然·

如今的小朋友，因为具备了较多的科学知识，对于日月更迭（dié）、风雨雷电等自然现象的发生都习惯了。而过去的人们为了解释这些现象，会猜想是不是存在着日神、月神、水神、雷神之类的神仙在管理着大自然的一切，当神仙发怒，或者有怪物捣鬼时，人类就会遭遇自然灾害。

幼女词

〔唐〕施肩吾

幼女①才六岁，
未知巧与拙。
向夜②在堂前，
学人拜新月③。

·作者简介·

施肩吾（780—861），字希圣，号东斋，元和十五年（公元820年）进士，修道后称栖（qī）真子。唐代诗人。

·注释·

① 幼女：指年纪小的女孩。

② 向夜：指日暮时分。向，接近。

③ 拜新月：古代习俗。

·译文·

小女孩才六岁，还不懂得什么是灵巧、什么是愚拙。黄昏的时候她在正堂前面，学着大人的样子膜拜新月。

·什么是“拜新月”·

“拜新月”相传是从唐代开始流行的一种民间习俗，唐代女子通过拜新月，祈求自己能够婚恋顺利，获得美满的姻缘。正因为往往是女子到了谈婚论嫁的年龄才会这样做，所以当诗人看到自己六岁的女儿也在学着拜新月，才想借由诗词记录孩子的天真可爱。

·古人的教育观念·

古代小朋友在六岁的时候，会做些什么呢？

古人其实很早就有了教育孩子的意识。《礼记·内则》中记载了一些西周时期的启蒙要求，内容包括：在幼儿能讲话时，父母必须教他应答；六岁时，孩子要开始学习数字和方位等常识；七八岁时起，孩子就要学习基本的礼仪。由此可见，古代的父母对孩子的启蒙教育也非常重视。

爸爸妈妈可能都告诉过小朋友，平日里要“站有站相，坐有坐相”，“站相”“坐相”既能体现一个人的气质，又能表现对他人的尊重。从孩子的言行我们就能看出父母拥有怎样的教育观念。

suǒ jiàn
所见

〔清〕袁枚

mù tóng ① qí huáng niú
牧童①骑黄牛，

gē shēng zhèn ② lín yuè ③
歌声振②林樾③。

yì yù ④ bǔ míng chán
意欲④捕鸣蝉，

hū rán bì kǒu lì
忽然闭口立。

·作者简介·

袁枚（1716—1798），字子才，号简斋，后号随园。清代著名文学家。

· 注释 ·

① 牧童：放牛的小孩。

② 振：回荡，说明放牛小孩的歌声响亮。

③ 林樾：指道路两旁阴凉的树林。

④ 意欲：心想。

· 译文 ·

放牧的小孩骑着一头老黄牛，他响亮的歌声在道路两旁的林中回荡。因为想捉那鸣叫的蝉，就突然停止歌唱，凝神仰望。

·捕蝉游戏·

古代小朋友的童年总是离不开自然界的各种昆虫和小动物。每到夏季，蝉鸣声似乎独有一种神奇的穿透力，从四面八方传来，响在正要入睡的孩童枕边。蝉仿佛有演奏一夏的生命力。捕蝉的时节到了！

·高洁的“至德之虫”·

蝉在中国有“知了”“伏天儿”“秋凉”“季鸟”等多种名称。古人对蝉有种迷信，因为不知道它们是哪里生的，以为蝉永生不死，只吃露水，便想象出蝉是十分高洁的“至德之虫”。

夏季如果没有蝉鸣，感觉夏天的氛围都淡了很多。

蝉(chán)

〔唐〕虞世南

垂(chuí)緌(ruí)①饮(yǐn)②清(qīng)露(lù)③，
流(liú)响(xiǎng)④出(chū)疏(shū)⑤桐(tóng)。
居(jū)高(gāo)声(shēng)自(zì)远(yuǎn)，
非(fēi)是(shì)藉(jiè)⑥秋(qiū)风(fēng)。

·作者简介·

虞（yú）世南（558—638），字伯施，越州余姚（今属浙江）人。唐代著名书法家、文学家、政治家。

·注释·

① 垂緌：蝉垂下来的触角，形状像古人帽子上的帽缨。

② 饮：吮吸。

③ 清露：清澈纯净的露水。古人以为蝉是食露水为生的，其实蝉是刺吸植物的汁液为生。

④ 流响：指连续不断的蝉鸣声。

⑤ 疏：稀疏错落。

⑥ 藉：依靠，凭借。

·译文·

蝉垂落下像古人帽缨一样的触角，吮吸着清澈的露水，它们的声音从挺拔稀疏的梧桐树缝隙间传出。蝉鸣声可以传得很远，这是因为蝉居住在高高的树枝上，而不是因为凭借秋风的力量。

·捕蝉方法·

古代很多小朋友都很喜欢捕蝉。他们还会自己制作简单的工具，如在竹竿上缠满蜘蛛网，做成很好用的捕蝉网。

当雄蝉为了吸引雌蝉，在树上发出阵阵鸣叫声时，小朋友就带着网轻轻靠近，迅速把竹竿压在蝉身上，黏（nián）黏的蜘蛛网一旦粘（zhān）住蝉的翅膀，蝉就很难逃掉了。这种捕蝉方式非常方便，即使网破了，小朋友只需在附近再找一些新的蜘蛛网补上即可。如果是偶然遇见蝉，来不及准备工具，就只能用手去捉了。如果有谁非常善于捉蝉，那他在小伙伴中一定很有人气。当然，现在我们不提倡这种方法，不要为了捕蝉而去欺负蜘蛛，为了保护动物也不要捕蝉了。

·斗蛋与称人·

除了捕蝉，属于夏天的游戏还有斗蛋。立夏一到，孩子们准备好煮熟的鸡蛋，鸡蛋的头与头相斗，尾与尾相斗，谁的蛋破了就算输，输了也不哭，吃掉就好啦。

这时候村头还会挂起大称，孩子们赶去称一称体重，村里的老人在一边说着吉祥话，祝福孩子们健康平安，长得壮壮的。

溪居①即事

xī jū jí shì

〔唐〕崔道融

lí wài shéi jiā bú xì chuán
篱外谁家不系船，

chūn fēng chuī rù diào yú wān
春风吹入钓鱼湾。

xiǎo tóng yí shì yǒu cūn kè
小童疑是有村客，

jí xiàng chái mén qù què guān
急向柴门去却关②。

·作者简介·

崔道融（880—907），自号东瓯（ōu）散人，荆州江陵（今湖北江陵）人。唐代诗人。

·注释·

① 溪居：溪边的村舍。

② 去却关：去掉家门的门扣，指开门。去，去掉。却为助词。关，则指家门的门扣。

·译文·

篱笆外面不知是谁家的船只没有系好，被春风吹动漂进了钓鱼湾。一个小孩子看到漂来的小船，以为是有客人来访，急急忙忙地跑过去将柴门打开，准备迎接客人。

·热情的礼仪之邦·

小朋友也许都听过父母这样教育我们，接待家中来客时，要提前出门迎接。这样既表示对客人的尊敬和欢迎，也显示出了主人家的好客与善礼。在古代，情况也大致如此。《论语》开篇第一句话就说“有朋自远方来，不亦乐乎”，写出了对客人的欢迎之意。中国自古就是礼仪之邦，待客礼节已经延续了几千年，成了日常生活中大家共守的行为习惯。

·古人的待客之礼·

在古代，用来打扫卫生的扫帚（zhou），叫作“彗”(huì)。“执帚”“持帚”，也可以写为“拥帚”或“拥彗”。古人“拥帚”或“拥彗”有两种不同的情况，一种是扫地，另外一种是手里拿着扫帚，表示迎人之礼。

成语“拥彗先驱”说的就是在家门外迎接客人时，自己拿着扫帚在前面带路，就像亲自打扫待客一样，表示对宾客的敬意。燕昭王就曾拿着扫帚在前面清扫道路，礼待邹衍（yǎn）。

牧竖①
mù shù

〔唐〕崔道融

mù shù chí ② suō lì
牧竖持②蓑笠，

féng rén qì ào rán ③
逢人气傲然③。

wò niú chuī duǎn dí
卧牛吹短笛，

gēng què bàng ④ xī tián
耕却傍④溪田。

·作者概况·

崔道融，曾做永嘉（今属浙江温州）县令。唐王朝灭亡后，隐居福建。

·注释·

① 牧竖：牧童。

② 持：穿戴。

③ 傲然：神气的样子。

④ 傍：临近。

·译文·

牧童穿着蓑衣、戴着斗笠，遇到人故意装得很神气。放牛时，他趴在牛背上吹着短笛，牛在耕作时，他就在溪田边玩耍。

·古代的农耕·

在很早以前，牛就被用来拉犁耕地了。春秋时期铁犁的应用，使得牛耕的效率大大提高。因为牛对耕作来说非常重要，所以古代很多人家中都有牛。古代小朋友在闲暇时也要参与农耕，帮忙放牛。放牛是一项挺无聊的劳动，所以小朋友也需要在放牛过程中，主动为自己寻找些乐趣，比如趴在牛背上吹短笛。

·长笛·

长笛、短笛和竖笛都是管乐器。长笛要横吹，现代长笛多用金属制成，吹奏起来声音婉转而悠扬。

·短笛·

短笛的构造与长笛相似，长度多为普通长笛的一半。因吹奏较难，一般要有长笛吹奏基础的人才可以吹奏短笛。

·竖笛·

竖笛又叫牧童笛，是世界上最受欢迎的乐器之一，小朋友们上音乐课时也许就学过它。它吹奏起来相对简单，即便是初学者，也很容易吹奏出美妙的乐音。

稚子弄冰

（zhì zǐ nòng bīng）

〔宋〕杨万里

稚子金盆①脱晓冰②，
彩丝穿取当银钲③。
敲成玉磬④穿林响，
忽作玻璃⑤碎地声。

（zhì zǐ jīn pén tuō xiǎo bīng，cǎi sī chuān qǔ dāng yín zhēng。qiāo chéng yù qìng chuān lín xiǎng，hū zuò bō li suì dì shēng。）

·作者概况·

杨万里与尤袤（mào）、范成大、陆游合称南宋“中兴四大诗人”。

·注释·

① 金盆：铜盆。

② 脱晓冰：指儿童晨起，把冰从盆里脱取出来。

③ 钲：指古代一种像锣的乐器。

④ 磬：以玉石制成的一种打击乐器。

⑤ 玻璃：一种天然玉石，也叫“水玉”，并不是指现在的玻璃。

·译文·

清晨，儿童将铜盆里冻的冰取出来，用丝线穿起来当作钲。敲击的响声穿过树林，突然听见清脆的如同玻璃掉在地上被摔碎的声音。

·古代的藏冰·

在古代，人们每到冬日必须要凿（záo）冰、藏冰，春天来临，又要启冰，夏日则颁冰、赐冰。在当时这是朝廷的一项重要事务，还有专门的机构和官吏主持管理。周代时管理冰的官吏叫“凌人”。古人信天神，每逢藏冰或者启冰，都有一套祭礼仪式，以求司寒（司寒是北方之神，也是水神）保佑。

·古代冰上运动·

据记载，早在宋代，我国就已经有了冰上运动，不过那时不叫滑冰，而称“冰嬉”，到了元明时期逐渐发展，清代时这一运动最为盛行。清代冰嬉表演的主会场一般是在北海，项目主要有“射天球”“花样走冰”和“杂技走冰”等。乾隆皇帝时冰嬉为清朝“国俗”，冬天会举行隆重的冰嬉活动。参加冰嬉活动的八旗子弟集体走冰时，百余人宛若游龙驰于冰上，十分壮观。

sù xīn shì ① xú gōng diàn
宿新市①徐公店

〔宋〕杨万里

lí luò ② shū shū ③ yí jìng shēn
篱落②疏疏③一径深，

shù tóu huā luò ④ wèi chéng yīn ⑤
树头花落④未成阴⑤。

ér tóng jí zǒu ⑥ zhuī huáng dié
儿童急走⑥追黄蝶，

fēi rù cài huā wú chù xún
飞入菜花无处寻。

·作者概况·

杨万里的诗初学“江西派”，后学王安石及晚唐诗，终在南宋诗坛自成一家，被称为“诚斋体”。

·注释·

①新市：在今湖南攸（yōu）县。

②篱落：篱笆。

③疏疏：稀疏。

④花落：一作“新绿”。

⑤阴：树叶茂盛浓密。

⑥急走：奔跑。

·译文·

篱笆稀稀疏疏，一条小路延伸向远方，树上的花已经凋谢了，但树叶还没有长得茂盛浓密。天真的儿童在追着黄色的蝴蝶，蝴蝶落在油菜花里，分不清哪里是蝴蝶，哪里是油菜花，实在是不好找。

·油菜花上的菜粉蝶·

作者的诗文生动描述了黄色的蝴蝶在金黄色的油菜花之间飞舞的情景，而这里提到的黄色蝴蝶，很可能就是菜粉蝶。

黄色的菜粉蝶特别钟爱金黄色的油菜花，除了它本身的颜色与花色接近，便于隐藏自己之外，还有另一个原因是油菜花中的某种特殊物质，对菜粉蝶有着超强的诱惑力，使得它可以依靠头部的触角感知空气中特殊物质的气味，从而精确定位哪里生长着油菜花，以方便自己在花田里产卵繁殖。

·古代的“走”·

篆（zhuàn）书中的走字上面是“夭”，下面是“止”（止通“趾”，是用脚走的意思）。从“夭”的字形来看，头向前倾，这样可以跑得更快。所以古代的“走”，就是现在的“跑”。“儿童急走追黄蝶”，可见孩子们有多急切地想捉到蝴蝶。

成语“奔走相告”，意思是奔跑着互相告知，表示心情迫切。但是如果按照字面意思来理解，就会认为是边跑边走，没那么着急了。

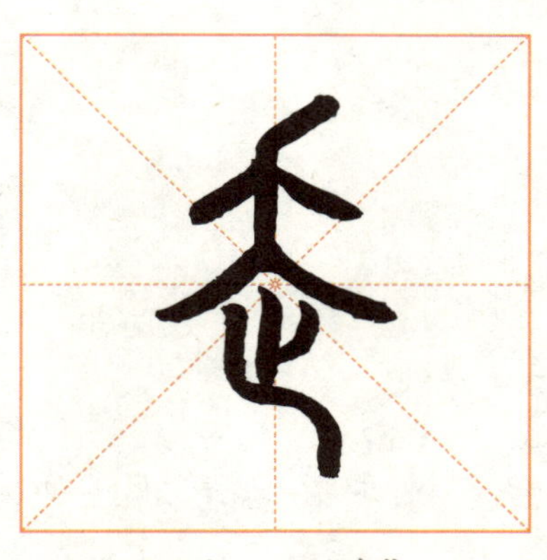

篆书的“走”

舟过安仁①

zhōu guò ān rén

〔宋〕杨万里

yí yè yú chuán liǎng xiǎo tóng
一叶渔船两小童，

shōu gāo tíng zhào zuò chuán zhōng
收篙②停棹③坐船中。

guài shēng wú yǔ dōu zhāng sǎn
怪生④无雨都张伞，

bú shì zhē tóu shì shǐ fēng
不是遮头是使风。

·作者概况·

杨万里留下很多著名诗篇，他一生作诗两万多首，流传至今的诗作有四千多首，被称为“诗宗”。

·注释·

① 安仁：县名。在湖南省东南部，宋朝时设县。

② 篙：撑船用的竹竿。

③ 棹：船桨。

④ 怪生：怪不得。

·译文·

两个小孩在一只小船上，他们收起撑竿和船桨坐在船中。怪不得没下雨也张开伞，原来不是为了遮雨，而是利用伞当帆让渔船前进啊。

·借风航行的船·

船帆的使用可以大大节省人力，提高行船速度。因为风力的作用与船帆的形状和角度等关系密切，所以船帆设计的好坏直接决定了船的行驶速度。

诗中孩子们用伞来当帆，重点不在效率和省力，而在趣味。风吹动顽童手里的纸伞，想必连船带人都会晃晃悠悠，此时在我们的脑海里，已经传来了船上孩童的惊呼声和嬉笑声了。

·就地取材·

古代小朋友拥有的玩具种类可比现在少多了，但机智的他们非常善于就地取材，例如使用山林中的竹子扎风筝，骑着细细的竿子当竹马，使用木头做的陀螺抽冰尜（gá）……只要配上丰富的想象力，简单的游戏也一样充满乐趣。

巴①女谣

bā nǚ yáo

〔唐〕于鹄

bā nǚ qí niú chàng zhú zhī
巴女骑牛唱竹枝②，

ǒu sī líng yè bàng jiāng shí
藕丝③菱叶傍江时。

bù chóu rì mù huán jiā cuò
不愁日暮还家错④，

jì de bā jiāo chū jǐn lí
记得芭蕉出槿篱⑤。

·作者简介·

于鹄（hú），唐代诗人。代宗大历至德宗建中年间久居长安，应举未中，后来退隐汉阳山中。

· 注释 ·

① 巴：地名，今四川巴江一带。

② 竹枝：即竹枝词，一种民歌。

③ 藕丝：这里指荷叶、荷花。

④ 还家错：回家认错路。

⑤ 槿篱：用木槿做的篱笆。木槿，一种落叶灌木。

· 译文 ·

一个巴地小女孩骑在牛背上唱着竹枝词，巴江里长满盛开的荷花和菱叶。不怕天晚了找不到家门，只要看见家门口有一棵芭蕉高高地挺出那木槿篱笆的就是了。

诗词里的故事

·“竹枝词”里的生活·

诗中小女孩哼唱的“竹枝词”，原是巴渝民歌的一种形式，相当于当地青年男女在竹林里劳作时对唱的歌谣。歌词内容主要是介绍当地的风土、人物和男女爱情，具有浓厚的生活气息，在孩子们中间也会流行传唱。

不只本诗的作者于鹄熟悉竹枝词，唐代诗人刘禹锡也特别重视民间歌谣，他投入了大量时间研究民歌的题材与风格，写了十多首竹枝词，对后世影响很大。

·特色民歌·

在古代，小朋友在玩耍或放牛时，经常哼唱一些歌曲，这些歌曲自然、纯朴、灵动，极具地域特色，也传承着某种文化，一般为当地特有，我们称之为“民歌”。如苏州的“山歌”，是山上劳动人民的歌谣；山东的“渔歌”，是关于渔民的歌谣；福建的“采茶歌”，是采茶姑娘的抒情歌谣。

江村

〔唐〕杜甫

清江一曲①抱②村流，长夏③江村事事幽。
自去自来梁上燕，相亲相近水中鸥。
老妻画纸为棋局，稚子④敲针作钓钩。
但有故人供禄米⑤，微躯⑥此外更何求？

·作者简介·

杜甫（712—770），字子美，自号杜陵布衣、少陵野老。杜甫曾任检校工部员外郎之职，所以世人也称他为杜工部。

·注释·

① 曲：曲折。

② 抱：环绕。

③ 长夏：农历六月称长夏，也泛指夏季。

④ 稚子：年幼的儿子。

⑤ 禄米：古代官吏的工资通常用米来计算和发放，所以叫“禄米”。

⑥ 微躯：微贱的身躯，是诗人自谦之词。

·译文·

清澈的江水曲折地环绕着山村流淌，夏季江边山村中的一切都如此幽静。梁上的燕子自己离开又回来，水里的鸥鸟相互亲近。老伴用纸画成棋盘，幼子敲打着针做成钓鱼钩。只要有老朋友供给禄米，我这微贱的身躯除此以外还求什么呢？

·古代的钓钩·

鱼钩要有倒刺，或者至少是弯的才能钓上鱼来，所以诗中的小孩子将直的针敲弯，制成鱼钩。

很早很早以前的原始社会时期，人们将动物的骨头制成鱼钩来钓鱼。殷商末年的姜子牙，传说用直的钓钩，不裹（guǒ）鱼饵，离水三尺来“钓鱼”，这哪里是钓鱼啊，这明明是另有目的。

鱼钩裹上鱼饵，投入水中，不明情况的鱼吞食鱼饵，里面的“暗器”会随着鱼的吞咽或呼吸，钩住鱼的嘴巴或者鳃，鱼就很难逃掉了。

·古人的工资·

现代人把劳动报酬叫作“工资”，古代官吏也是有“工资”的，他们称其为“俸禄”。古代的俸禄形式主要有粮食、钱币、土地等，其中粮食是基本的工资形式。《论语》中就有记载，一个叫原思的人给孔子当管家，孔子给了他九百粟（sù），他不要，孔子劝他收下，将富余的分给穷苦的人。这表明当时原思的工资就是粮食。

北征（节选）

běi zhēng

〔唐〕杜甫

xué mǔ wú bù wéi
学母无不为，

xiǎo zhuāng suí shǒu mǒ
晓妆①随手抹。

yí shí shī zhū qiān
移时②施朱铅③，

láng jí huà méi kuò
狼藉④画眉阔⑤。

·作者概况·

杜甫进士落第后，一直默默无闻。后来，由于进呈《三大礼赋》《封西岳赋》，歌颂了玄宗皇帝的几次大典礼，才得授官。

·注释·

① 晓妆：早晨梳妆。

② 移时：一会儿工夫。

③ 朱铅：妇女涂面用的红粉。

④ 狼藉：乱七八糟、散乱的样子。

⑤ 画眉阔：眉毛画得很宽。

·译文·

母亲做什么她就做什么，晨起梳妆随手涂抹。一会儿工夫就把朱粉擦在脸上，乱七八糟地把眉毛画得很宽。

·古人的梳妆匣·

古人的梳妆匣（xiá）称“严具”，又称“奁（lián）”，所用材料、制作方法各有不同。严具，也称严器（原来称为“妆具”，东汉时因避汉明帝刘庄讳而改称“严具”），是用于盛放梳妆、面饰用品的器具，如盛放梳篦（bì）、笄（jī）钗之类的妆具。因为女子出嫁时需要带着自己的梳妆匣，所以妆奁后来也代指女子所有的嫁妆，包括衣裳、钱财等。

·古人的梳头用具·

古人梳理头发的用具有梳子和篦子，梳子齿疏，篦子齿密，总称为“栉（zhì）”。所以以前人们习惯把理发师叫“栉工”。

梳子是理顺头发用的，也可以直接插在头发上当作头饰，所以梳子起的是美化作用。

篦子是用来清洁头发的。古代卫生条件不好，每天洗头几乎不可能，十天半个月洗一次还算正常。不洗头的日子里，篦子就起着清洁的作用，用来清理灰尘等。直到二十世纪七八十年代，篦子仍很常见。

chūn rì tián yuán zá xìng
春日田园杂兴①（其五）

〔宋〕范成大

shè xià shāo qián gǔ sì léi
社下烧钱鼓似雷，

rì xié fú dé zuì wēng huí
日斜扶得醉翁回。

qīng zhī mǎn dì huā láng jí
青枝满地花狼藉，

zhī shì ér sūn dòu cǎo lái
知是儿孙斗草②来。

·作者简介·

范成大（1126—1193），字致能，自号石湖居士。苏州吴县（今江苏苏州）人，南宋诗人。

· 注释 ·

① 杂兴：随兴写来，没有固定题材的诗篇。

② 斗草：一种用草当道具进行的民间游戏。

· 译文 ·

田头祭社的鼓声如雷，傍晚时候喝醉的人被歪歪斜斜地扶回家。院子里的花花草草一片狼藉，可以看出孩子们在这儿玩过斗草。

·受欢迎的斗草·

在唐代，妇女、儿童非常喜欢斗草。据说唐代文学家、农学家陆龟蒙种药草后，曾非常担心年幼的孩子分不清草与药，误将药草随春草拔去斗输赢。可见当时斗草游戏多受欢迎！

在孩子们的游戏中，斗草的玩法一般为比赛双方先各自采摘韧性比较好的草，然后相互交叉成“十”字形并用力拉扯，以不断的一方为胜。

·斗草的历史·

斗草，历史上也叫斗百草，唐代以前斗百草是以谁采的和认识的种类多为胜，还有人将斗百草当作赌博。慢慢地，斗草变成了由力气、技巧、运气共同决定输赢的游戏项目。

除了斗草之外，古代的人还会斗花。唐代斗花主要是比谁的花更鲜艳、美丽，有时获得了新奇的花朵，比如摘到了有吉祥寓意的并蒂花，还会着实高兴一阵子。

夏日田园杂兴（其七）

xià rì tián yuán zá xìng

〔宋〕范成大

昼出耘田①夜绩麻②，
村庄儿女各当家③。
童孙未解供④耕织，
也傍⑤桑阴⑥学种瓜。

zhòu chū yún tián yè jì má
cūn zhuāng ér nǚ gè dāng jiā
tóng sūn wèi jiě gòng gēng zhī
yě bàng sāng yīn xué zhòng guā

·作者概况·

范成大的田园诗自成一格，在诗词发展史上产生过很大的影响。

·注释·

① 耘田：为农田除草。

② 绩麻：将麻搓成线。

③ 当家：各自干各自的事。

④ 供：从事，参加。

⑤ 傍：挨着。

⑥ 桑阴：桑树荫下。

·译文·

白天去田里辛勤耕种，晚上回来还要搓麻线，农家儿女都要承担起家庭的责任。天真的小孩还没学会耕田和织布，但也会在桑树下面学着种瓜。

·古人种瓜·

俗话说："谷雨前后，种瓜点豆。"谷雨是春季的最后一个节气，时间一般在每年公历的4月19日至21日的某一天。这时寒潮结束，雨水增多，这有利于谷类作物的生长，所以被命名为"谷雨"。每当谷雨来临，大自然发出信号，农民就知道种什么正当时。一般来说，瓜类、豆类在这个时候种植正是时候。

古代小朋友在闲暇时间都会帮助爸爸妈妈干农活，但是由于年纪小，耗费体力且复杂的农活不太适合。种瓜是农活里比较简单易学的，爸爸妈妈耐心教，小朋友就可以学得有模有样，同时在这个过程中能体会到劳动不易，从而学会珍惜劳动果实。

画鸡

huà jī

〔明〕唐寅

tóu shàng hóng guān bú yòng cái
头上红冠不用裁①，

mǎn shēn xuě bái zǒu jiāng lái
满身雪白走将来②。

píng shēng bù gǎn qīng yán yǔ
平生③不敢轻④言语，

yí jiào qiān mén wàn hù kāi
一叫千门万户⑤开。

·作者简介·

唐寅（yín）（1470—1524），字伯虎，后改子畏，号六如居士、桃花庵主等，明代著名画家、文学家。

·注释·

①裁：裁剪，这里是制作的意思。

②走将来：走过来。

③平生：平时。

④轻：轻易。

⑤千门万户：指好多好多的人家。

·译文·

头上的红帽冠是天生的，不需要裁剪制作，满身雪白骄傲地走来。平时它从不敢轻易开口说话，但是它清晨一鸣叫，千万户人家随之敞开门，纷纷活动起来。

·王冕画梅·

《画鸡》是一首题画诗，题画诗是画家或诗人在中国画的空白处题上的诗，诗和画相互映衬，互为注释。

古代有很多多才多艺的少年，王冕的诗和画都是佳作。王冕号煮石山农、会稽外史、梅花屋主等，是元代画家、诗人。据传说，王冕小时候家里穷，只能以替人放牛为生，还曾经寄住在佛寺里。生活没有善待他，但他仍然努力生活。住在佛寺的时候，他便坐在佛像的膝上，借着佛前的长明灯读书。后来，王冕师从著名理学家韩性，成了一个博闻广识的人。

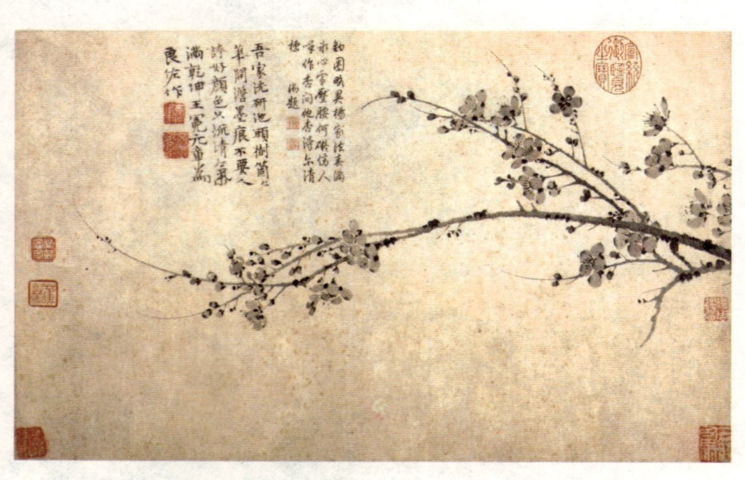

王冕《墨梅》

王冕十分擅长画梅，他的作品《墨梅》非常有名。只见梅花折枝，疏落有致，淡墨点染，配上他的诗："吾家洗砚池头树，个个花开淡墨痕。不要人夸好颜色，只留清气满乾坤。"更是书画寄情，高尚坚毅。

据说他画的荷花也十分传神，仿佛画完后，荷花就能在纸上盛开。许多人前来求画，他的画也成为后人临摹（mó）的对象。

guān cūn tóng xì xī shàng
观村童戏溪上（节选）

〔宋〕陆游

yǔ yú xī shuǐ lüè dī píng
雨余溪水掠①堤平，

xián kàn cūn tóng xiè wǎn qíng
闲看村童谢晚晴。

zhú mǎ liàng qiàng chōng nào qù
竹马踉跄②冲淖③去，

zhǐ yuān bá hù xié fēng míng
纸鸢跋扈④挟风鸣。

·作者简介·

陆游（1125—1210），字务观，号放翁。越州山阴（今浙江绍兴）人。南宋著名爱国诗人，现存诗词九千多首，内容极为丰富。

·注释·

① 掠：拂过，漫过。

② 踉跄：跌跌撞撞，走路不稳的样子。

③ 冲淖：冲到泥沼里去。

④ 跋扈：形容风筝横冲直撞的样子。

·译文·

雨后溪水与堤岸齐平，天气放晴，闲来无事去看村童在傍晚的夕阳下玩耍。小童骑着竹马在地面上跑来跑去，晃晃悠悠连人带“马”冲进了烂泥塘里，风筝还在天上横冲直撞地飞舞。

·竹马游戏·

竹马是古代小朋友最常见的玩具，在汉代就已经广泛流传。竹马可不是用竹子做成的马，而是一根竹竿，一端装有马头模型，有的另一端会装上轮子。小朋友们骑在竹竿上，手里拎个小竹枝做鞭子，嘴里喊着“驾！驾！”，他们追赶着，欢笑着，像骑在真马上一样，十分有趣。

·多样的竹子玩具·

除了竹马外，竹子还可以制成很多种玩具，比如空竹、风筝、竹蜻蜓等。

空竹一般为竹质，中空，因此而得名。在古代，空竹是深受孩子们喜欢的玩具。风筝的框架也多用竹子制成，有些上面还装有竹笛，可以发出响声。竹蜻蜓也是传统的民间儿童玩具之一，它由两部分构成：一部分是竹柄，另一部分就是“翅膀”了。双手一搓，随即手一松，竹蜻蜓就会飞上天空，旋转一会儿后，才会落下来，有趣极了。

xià rì ǒu shū

夏日偶书

〔宋〕乐雷发

guǒ luǒ xián chóng rù pò chuāng
蜾蠃①衔虫入破窗，

zhěn shū yí duò zhú fāng chuáng
枕书②一垛竹方床。

jiā tóng ǒu jiàn cǎo tóu zì
家僮偶见草头字，

wù rèn lí sāo shì yào fāng
误认离骚是药方。

·作者简介·

乐雷发（1210—1271），字声远，号雪矶。南宋诗人，留存于世的诗有一百四十余首。

·注释·

① 蜾蠃：也叫蒲卢、细腰蜂，产卵于螟蛉幼虫体内，靠寄生养育后代，古人误以为蜾蠃养螟蛉为子。

② 枕书：以书为枕。

·译文·

细腰蜂衔着虫子飞入残破的窗子，竹方床上摞着很多书当枕头。小孩子偶然在一本书中看见许多有草字头的字，便误将这篇《离骚》当成了药方。

·中药·

中药也叫“中草药”，因为其中植物药占很大比重。甘草、灵芝、白芷（zhǐ）、茯苓（líng）、黄芪（qí）、红花等等都是植物药，仔细看看，这些可不都是“草字头”的嘛。

·离骚·

《离骚》是战国诗人屈原所创作的文学作品，是《楚辞》中的代表作。作品中运用了大量的比喻和丰富的想象，开创了楚辞体诗歌形式，对后世有深远影响。

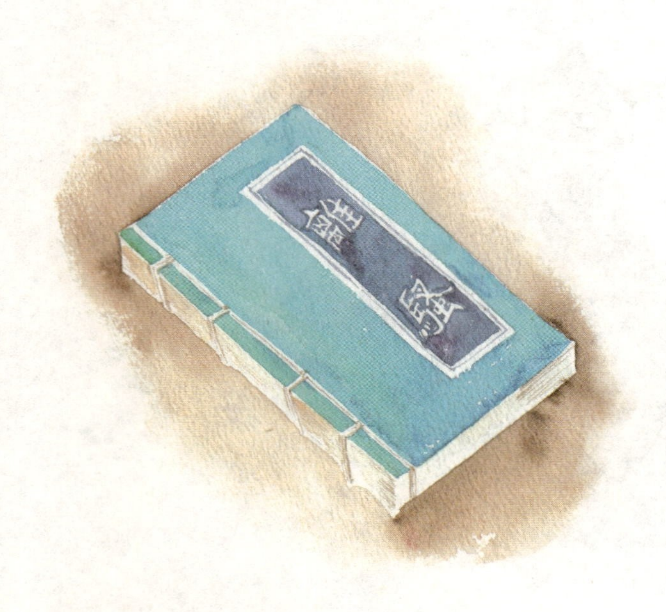

·“楚辞”的创立者·

屈原是中国历史上一位伟大的爱国诗人，中国浪漫主义文学的奠基人，被誉为“中华诗祖”“辞赋之祖”。他是“楚辞”的创立者和代表作者，开辟了“香草美人”（旧时诗文中用以指忠君爱国的思想）的传统。屈原的出现，标志着中国诗歌进入了个人独创的新时代，他被后人称为“诗魂”。

guān shū yǒu gǎn

观书有感（其一）

〔宋〕朱熹

bàn mǔ fāng táng yí jiàn kāi
半亩方塘①一鉴②开，

tiān guāng yún yǐng gòng pái huái
天光云影共徘徊③。

wèn qú nǎ dé qīng rú xǔ
问渠④那得⑤清如许⑥，

wèi yǒu yuán tóu huó shuǐ lái
为⑦有源头活水来。

·作者简介·

朱熹（xī，1130—1200），字元晦（huì），一字仲晦，号晦庵，又号晦翁。徽州婺（wù）源（今属江西）人，是宋代思想家、教育家，理学的集大成者。

·注释·

① 方塘：方形的池塘。

② 鉴：镜子。

③ 徘徊：走来走去。

④ 渠：指池塘里的水。

⑤ 那得：怎么会。

⑥ 如许：像这样。

⑦ 为：因为。

·译文·

半亩大小的一方池塘像镜子一样澄澈明净，天光云影倒映在上面，仿佛在如镜的水面上走来走去。这方池塘为什么如此清透？因为有源源不断的新鲜水源注入，为它输送纯净的“活水”。

·孔子童年·

诸子百家中最重要也最有名的人物，当然是孔子。孔子名叫孔丘，字仲尼，生于公元前 551 年的鲁国陬（zōu）邑，也就是现在的山东曲阜，他是儒家学派的创始人。传统上，我们中国人都称孔子为“圣人”，就是很伟大的人，跟平常人不一样。这是因为他对中国文化的贡献实在太大了。

孔子十五岁的时候就立下了一个志愿，这个志愿是想当官发财吗？不是的，孔子十五岁的时候，就决定自己一生都要致力于研究学问。《论语·为政》里就记录了孔子的话："吾十有五而志于学。"孔子好学又善学，他的家庭条件不好，没有很好的教育环境，但孔子很聪明，他利用一切条件学习，而且活学活用。

《史记·孔子世家》里说，孔子还是孩子的时候，就喜欢摆上祭器，演习礼仪。礼在当时是一门贵族学问，是"六艺"之一。六艺是周朝士家子弟研习的学问，包括礼、乐、射、御、书、数六种。

观书有感（其二）

guān shū yǒu gǎn

〔宋〕朱熹

zuó yè jiāng biān chūn shuǐ shēng
昨夜江边春水生①，

méng chōng jù jiàn yì máo qīng
艨艟②巨舰一毛轻③。

xiàng lái wǎng fèi tuī yí lì
向来④枉费推移力⑤，

cǐ rì zhōng liú zì zài xíng
此日中流⑥自在行⑦。

·作者简介·

朱熹世称朱子，是继孔子、孟子之后最杰出的、弘扬儒学的大师。

· 注释 ·

① 春水生：此处指春水大涨。

② 艨艟：古代攻击性很强的战船名，这里指大船。

③ 一毛轻：像一片羽毛那样轻。

④ 向来：原先，指春水上涨前。

⑤ 推移力：指浅水中行船困难，需人力推船才能行进。

⑥ 中流：河流中心。

⑦ 自在行：自如行驶。

· 译文 ·

昨天晚上江边春水大涨，那艘看起来沉重的巨大战船好像变得像羽毛一样轻了。以前花费很大人力都无法挪（nuó）动它，今天却能在水中自如行驶。

·近朱者赤·

我们都知道自然界中的动植物种类分布不同，这是因为其生长的地域环境不一样。其实我们人类也是如此，外界环境对一个人的成长有很深的影响。

古人对环境影响人这个道理有许多形象的比喻，如“近朱者赤，近墨者黑”“蓬生麻中，不扶自直；白沙在涅（niè），与之俱黑”“入芝兰之室久染其香，入鲍鱼之肆（sì）久沾其臭”等，所以我们要多接触美好的事物和品行优秀的人，让自己也变得更优秀。

·孟母三迁·

我国古代先贤孟子的母亲对“近朱者赤，近墨者黑”有很深的体会。

孟子，本名孟轲，孟轲三岁的时候失去了父亲，由母亲独自带着他生活。孟轲的母亲十分重视对他的教育，希望孟轲长大后能成为一个贤德的人。起初，孟轲的家离墓地很近，他和邻居家的孩子经常玩办丧事的游戏，孟母认为这样不利于孟轲的成长，于是就搬了家。他们住到集市附近，孟轲又学起了做生意吆喝（yāo he）和杀猪宰羊的事情，孟母认为这样的环境对孟轲还是不好，就再次搬家，住到了学堂旁边。学堂里的学生有礼有节，孟轲见了都一一学习，孟母很高兴，母子二人就在学堂旁安家了。

送安惇秀才失解西归（节选）

sòng ān dūn xiù cai shī jiè xī guī

〔宋〕苏轼

jiù shū bú yàn bǎi huí dú
旧书①不厌②百回③读，

shú dú shēn sī zǐ zì zhī
熟读深思④子⑤自知。

tā nián míng huàn kǒng bù miǎn
他年名宦恐⑥不免⑦，

jīn rì qī chí nǎ kě zhuī
今日栖迟⑧那可追⑨。

·作者简介·

苏轼的诗文汪洋恣肆，奔放畅达，题材广泛，内容丰富，现存诗3900余首。

·注释·

①旧书：先贤所著的书。

②不厌：不厌倦。

③百回：虚数，指反复多次。

④深思：深刻思考。

⑤子：你。

⑥恐：恐怕。

⑦不免：难免。

⑧栖迟：迷茫、挫败。

⑨那可追：不要放在心上。

·译文·

先贤的诗文里蕴含无尽的学问，值得反复阅读，不要过于在意考试成败，而应该回家静心读书，熟读几遍你自然会领悟书中的道理。你以后一定会成为有名望的大官，所以现在的迷茫和挫败也不要太过放在心上。

·读书方法·

古代平民要想当官就要通过科举考试，要通过科举考试就要饱读诗书，精通学问。可是每年有大批的学子进京赶考，最后能考取名次顺利步入仕途的寥(liáo)寥无几。要想金榜题名，当然要懂得读书的方式方法。古代先贤对此也颇有研究，《三字经》里就详细介绍了中国古代重要的典籍和读书次序，认为儿童要从《小学》开始读，认识了很多字后，才能读四书，即《论语》《孟子》《中庸》《大学》。四书读熟了，再读《孝经》，接下来是五经等。

·古代教育·

很多小朋友会好奇，古代的考试和现在大不一样，那古代的孩子是怎么上学的呢？

其实古代的教育起源很早，距今4000多年前的夏朝时，历史上就出现了最早的学校。为什么很早以前的人们就意识到孩子们要上学读书呢？因为上学是让一个人成长成熟的最有效的途径。人需要有知识、有学问，才能养活自己，同时还能为社会做贡献，并有余力帮助其他人。周朝的时候，出现了大学和小学，对不同年龄的人进行分段教育。大学承担对年龄较大的学生的教育；小学承担对小孩子的教育，也叫“蒙学”。

蒙学是传统教育中一个非常重要的阶段，中国古代的小朋友开始接受教育的年龄一般在4岁左右。

zhēn xī chū xià

贞溪初夏

〔元〕邵亨贞

liàn huā fēng qǐ yàng wēi bō

楝花风①起漾微波②，

yě dù zhōu héng kè zì guò

野渡③舟横客自过。

shā shàng ér tóng lín shuǐ lì

沙上儿童临水立④，

xì jiāng píng yè sì xīn é

戏⑤将萍叶饲新鹅⑥。

·作者简介·

邵亨贞（1309—1401），字复孺，号清溪（或作贞溪）。元末明初人。他擅长诗词和书法。

· 注释 ·

① 楝花风：指夏季的风。

② 漾微波：指水面轻轻荡起细小的波纹。

③ 野渡：指郊野溪头渡口。

④ 临水立：靠近水边站着。

⑤ 戏：玩耍，嬉戏。

⑥ 新鹅：小鹅。

· 译文 ·

夏季的微风吹起，溪面上轻轻荡漾起微小的波浪，郊野的渡口上偶尔有行人，自己上船渡到对岸。儿童们站在沙滩靠近水边的地方，手里拿着萍叶喂小鹅，逗引着小鹅玩耍。

·鹅趣·

鹅是矫健的游泳能手，有着洁白的羽毛，叫声高亢嘹（liáo）亮，非常讨人喜欢。鹅是鸟类，与鸭、大雁有很近的亲缘关系。古人写诗，经常会写到很多鸟类，比如大雁因为会远行，就成了送别的象征；大雁和天鹅在古时候合在一起叫“鸿鹄”，因为飞得高、飞得远，所以就有了志向远大的含意；雄鸡会报晓，于是就成了早起奋进的代表；鹤有仙气儿，象征长寿；而燕子、鸭、鹅这些鸟类，因为与人的关系密切，在诗中的形象一般就是活泼可爱、亲切近人，以表达诗人的生活情趣。

·爱鹅的王羲之·

除了骆宾王喜欢鹅，东晋时期大书法家王羲之也非常喜欢鹅。《晋书·王羲之传》中就记载了王羲之书成换白鹅的故事。说有个叫山阴道士的人想求王羲之的字，他知道王羲之很喜欢鹅，便投其所好特意养了一群漂亮的鹅。王羲之见到，非常喜欢，就想买下来，道士说："为写《黄庭经》，当举群相赠耳。"王羲之便"欣然写毕，笼鹅而归，甚以为乐"。

据说王羲之认为养鹅不仅可以陶冶情操，他还可以从鹅的行走、游泳姿态中领悟到书法执笔、运笔的奥秘。

咏鹅（yǒng é）

〔唐〕骆宾王

鹅（é），鹅（é），鹅（é），

曲（qū）①项（xiàng）②向（xiàng）天（tiān）歌（gē）③。

白（bái）毛（máo）浮（fú）④绿（lǜ）水（shuǐ），

红（hóng）掌（zhǎng）拨（bō）⑤清（qīng）波（bō）。

·作者简介·

骆宾王（约638—684），字观光，婺州义乌（今浙江义乌）人。初唐诗人，与王勃、杨炯（jiǒng）、卢照邻合称“初唐四杰”。

·注释·

① 曲：弯弯的。

② 项：脖子。

③ 歌：鸣叫。

④ 浮：漂浮。

⑤ 拨：划。

·译文·

鹅、鹅、鹅，一群鹅弯着脖子对着蓝天鸣叫，像是在唱歌，洁白的羽毛漂浮在水面上，红色的脚掌轻轻拨着绿水，水面上荡出一缕缕波纹。

·年少成名·

诗人骆宾王小时候家里很穷困，但是聪明的他七岁就能作诗，号称“神童”，据说这首《咏鹅》就是他七岁时所作。

很多年少成名的神童走在不平凡的成长之路上，往往才气泯灭，终究碌碌无为，比如《伤仲永》中的方仲永，而骆宾王始终才华横溢。684 年，六十多岁的骆宾王因为不满武则天当政，写下洋洋洒洒的《为徐敬业讨武曌（zhào）檄（xí）》，支持徐敬业讨伐武则天。因为出众的文采，这篇檄文传到武则天手里，竟让一代女皇感叹：“宰相啊，你为什么失去了这样的人才！”

·古代童趣·

像骆宾王这样年少写诗，都是从生活开始写起。天真的童趣不经修饰写进诗里，带来天然的美的意境。

古代没有游戏机，也没有游乐场，小朋友玩乐的心情却和我们一样。四季匆匆而过，给童年的生活带来不一样的新鲜感。观察鹅是一种乐趣，斗蟋蟀也是一种乐趣，钓游鱼、追逐萤火虫、赏月观星，都是美好的事情。

·追逐萤火虫·

追逐萤火虫是夏夜最浪漫的事。古书中说："季夏之月，腐草为萤。"这是说萤火虫是草腐烂之后变成的，其实这是古人的误解。萤火虫会把卵产在枯草间，人们见到萤火虫从草中飞出，就误以为萤火虫是草变的。

yǔ xiǎo nǚ
与小女

〔唐〕韦庄

jiàn rén chū jiě ① yǔ ōu yā ②
见人初解①语呕哑②，

bù kěn guī mián liàn xiǎo chē
不肯归眠恋小车。

yí yè jiāo tí yuán dǐ shì
一夜娇啼缘底事，

wèi xián yī shǎo lǚ jīn huá ③
为嫌衣少缕金华③。

·作者简介·

韦庄（约836—910），字端己，长安杜陵（今陕西西安东南）人。唐末至五代前蜀诗人、词人，与温庭筠齐名，并称“温韦”。

· 注释 ·

① 初解：刚能听懂大人讲话。

② 呕哑：小孩子学说话的声音。

③ 缕金华：用金线绣的花儿。华，同“花”。

· 译文 ·

小女孩刚能听懂大人说话，就咿咿呀呀学起来。因为迷恋上玩具小车，她不肯去睡觉。为什么整个晚上哭闹不停呢？原来是她嫌衣服上绣的金花太少了。

·爱不释手的玩具·

和现代小朋友一样，古代小朋友也喜欢玩具车。但古时候玩具小车的造型，与现代小朋友们熟悉的汽车可不一样。古时的小车，大多以马车为原型，多是木质且手工制作，有较大的轮子，车身没有驾驶室，也没有座位。这种小车虽然不如现代的玩具车精致，也几乎没有什么扩展功能，却同样能给古代孩子们带去很多快乐。

·车和车轮·

最早的车何时出现，我们已经无从考证，《淮南子·说山训》中有记录“见飞蓬转而知为车”，意思是说我们的祖先从风中翻飞的蓬草获得灵感，发明了车。这一传说可能并不可靠，但可以推测，原始的车也是要靠车轮滚动的方式，来减少与地面的摩擦向前行进的。

轮子是车的重要部件之一，也是车的特征所在，所以古代甲骨文、金文中的“车”字都形象地画出了轮子。

古代的车

甲骨文的“车”

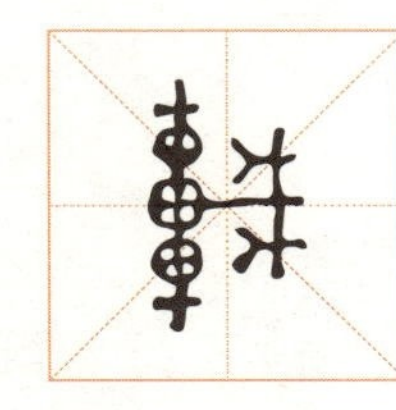

金文的“车”

jīng dū yuán xī
京都①元夕②

〔金〕元好问

xuàn fú huá zhuāng zhuó chù féng
袨服③华妆④着处⑤逢，

liù jiē dēng huǒ nào ér tóng
六街灯火闹⑥儿童。

cháng shān wǒ yì hé wéi zhě
长衫⑦我亦何为⑧者，

yě zài yóu rén xiào yǔ zhōng
也在游人笑语中。

·作者简介·

元好问（1190—1257），字裕之，号遗山，世称遗山先生，秀容（今山西忻州）人。金末著名文学家，自幼聪慧，有“神童”之誉。

·注释·

① 京都：指汴京。今河南开封。

② 元夕：元宵，正月十五晚上。

③ 袨服：盛装艳服，漂亮的衣服。

④ 华妆：华贵的妆容。

⑤ 着处：到处。

⑥ 闹：玩耍嬉闹。

⑦ 长衫：读书人穿的长衫。

⑧ 何为：为何，做什么。

·译文·

元宵节时，到处都能碰到穿着盛装、妆容美好的妇女看灯，小孩子们则在街道上欢闹着。我这个身穿朴素长衫的读书人做什么呢？也在游人欢声笑语的气氛中赏灯猜谜。

·上元灯节·

汉武帝时，皇帝会在上元之夜祭祀一个叫“太一”的神。后来，汉明帝听说印度摩揭陀（mó jiē tuó）国每逢正月十五都会举行盛大的佛会，于是下旨每年正月十五燃灯表佛，以表示佛法大明，无量神威。魏晋南北朝时期，正月十五时人们不只燃灯，还要点灯笼。到隋唐时期，正月十五张灯结彩已经发展成为一种民间习俗。

·灯谜起源·

灯谜，就是谜语的一种。相传，谜语很可能源于古代民歌民谣。按作者划分，可分为民间谜语和文人谜语。其中民间谜语大多为群众口头创作。文人谜语则是文人创作的，起源时间晚于民间谜语。后来，人们把谜语写在花灯上供人猜测，就成了“灯谜”。

xià zhòu ǒu zuò

夏昼偶作

〔唐〕柳宗元

nán zhōu rù shǔ zuì rú jiǔ
南州①溽暑②醉如酒，

yǐn jī shú mián kāi běi yǒu
隐几③熟眠开北牖④。

rì wǔ dú jué wú yú shēng
日午独觉无馀声，

shān tóng gé zhú qiāo chá jiù
山童隔竹敲茶臼⑤。

·作者简介·

柳宗元(773—819)，字子厚。河东解县(今山西运城西南)人。唐代著名文学家、思想家，也是唐宋古文运动的倡导者，唐宋八大家之一。

· 注释 ·

① 南州：指永州。

② 溽暑：又湿又热，指盛夏的气候。

③ 隐几：靠着几案。

④ 牖：窗户。

⑤ 敲茶臼：制作新茶。茶臼，指捣茶用的石臼。

· 译文 ·

永州的夏天又湿又热，让人像喝醉了酒一样想打盹，推开北窗，我靠着几案睡着了。中午醒来，只觉得到处一片寂静，隔着竹林，唯有山童捣制新茶时敲击茶臼的声音。

·古代的饮茶方式·

茶在古代是非常流行的饮料。唐代人饮茶，一般是将茶饼切碎碾（niǎn）成粉末（如果茶末的需求量小的话，用茶臼来研也可以），然后过罗（一种专门用来筛茶粉的茶具）后加水煮成糊状，同时还要加入姜、葱、盐、薄荷等，简直像是在做汤。

·历史上的茶文化·

中国茶文化历史悠久。陆羽的《茶经》里有："茶之为饮，发乎神农氏。"意思是说神农尝百草时，可能就发现了茶。西汉司马相如的《凡将篇》中，茶是同桔梗、款冬、贝母等二十余种药材列在一起的，可见最初人们更加注重的是茶的药用性。魏晋时期，人们发现茶有提神解乏的功效，便开始大量种植，广泛饮用。宋朝时饮茶之风盛行，到明清时期达到鼎盛。

xiǎo ér chuí diào
小儿垂钓

〔唐〕胡令能

péng tóu zhì zǐ xué chuí lún
蓬头①稚子②学垂纶③，

cè zuò méi tái cǎo yìng shēn
侧坐莓苔④草映⑤身。

lù rén jiè wèn yáo zhāo shǒu
路人借问⑥遥招手⑦，

pà dé yú jīng bú yìng rén
怕得鱼惊不应人。

·作者简介·

胡令能（785—826），唐代诗人。他的诗语言浅显易懂，构思精巧，充满浓浓的生活情趣。

· 注释 ·

① 蓬头：头发像蓬草一样杂乱。

② 稚子：年龄小的孩子。

③ 垂纶：垂下丝线钓鱼。纶，用来钓鱼的丝线。

④ 莓苔：地上的青苔。

⑤ 映：遮掩。

⑥ 借问：向人打听。

⑦ 招手：这里指摆手，摇手。

· 译文 ·

一个头发蓬乱、年龄很小的孩子在河岸边学习垂钓。他侧身坐在那里，野草将他的身影都遮掩住了。有人前来问路，小孩摇手示意不要高声，生怕把要上钩的鱼儿吓跑。

·垂钓的历史·

垂钓是一项很古老的活动，考古学家在甲骨文中就发现有表示钓鱼的象形字，所以人类钓鱼的历史几乎可以追溯到渔猎时代。不仅大人喜欢垂钓，小朋友也不例外。他们总是会在河边学习大人的样子，钓鱼的时候全神贯注、严肃认真，静静地等着鱼儿咬钩。

·钓鱼的旺季·

一般来说，春秋两季是钓鱼的旺季。每年惊蛰（zhé）节气以后，春风送暖，水温上升，蛰伏了一冬的鱼儿已经饥肠辘（lù）辘，它们需要活动觅食，此时就是垂钓的好时机。

进入秋天以后，气温稳定，鱼群相对活跃，消化和捕食能力都比较强，鱼儿也需要在这个季节储备大量能量用来过冬，所以秋季钓鱼也相对容易些。

回乡偶书①

huí xiāng ǒu shū

〔唐〕贺知章

shào xiǎo lí jiā lǎo dà huí
少小离家老大回②，

xiāng yīn wú gǎi bìn máo cuī
乡音③无改鬓毛衰④。

ér tóng xiāng jiàn bù xiāng shí
儿童相见不相识⑤，

xiào wèn kè cóng hé chù lái
笑问客从何处⑥来。

·作者简介·

贺知章（659—约744），字季真，自号“四明狂客”，越州永兴（今浙江杭州萧山区）人。唐代诗人、书法家。

·注释·

① 偶书：随笔写出来的，有感而发的作品。

② 老大回：贺知章八十六岁时，因病告老还乡，这时候距离他离开家乡已经五十年之久了。

③ 乡音：家乡的口音。

④ 鬓毛衰：两鬓斑白，头发稀少。

⑤ 不相识：不认识。

⑥ 何处：哪里。

·译文·

少年时离开家乡，年老的时候才回来，我虽然口音没有什么改变，但是已经两鬓斑白、头发稀少了。小孩们见了都不认识我，他们笑着问："您这位客人从哪里来呢？"

·思乡之心·

有句老话叫“故土难离”，还有个词叫“叶落归根”，都是在说家乡对一个人的羁绊。中国人，尤其是中国古人，不论成就多大的事业，人生走了一条什么样的路，都对故乡有着深切的眷（juàn）恋。

《回乡偶书》的作者贺知章少年成名，诗文写得非常好，也一直在做官，直到八十六岁时，才因为老病而退休，终于回到家乡。当时的少年已变得白发苍苍，怪不得孩童不认得他。回到家乡也就回归了故土，大概也就在这一年，贺知章寿终离世。

· 乡音 ·

中国地域广阔、地形多样，古时候又交通不便，人口流动不是很大，于是各地方的人们形成了属于自己的口音，故乡的口音就是乡音。

比如“醉里吴音相媚好”里的“吴音”，就是吴地的口音，而《巴女谣》中巴女所唱的竹枝词，也是用巴蜀方言来唱的。吴人听巴蜀方言，巴女听吴音，基本就处于听不懂的状态。中国有很多种方言，但对每一个人来讲，最亲切的就是自己家乡的那一种。乡音是刻在骨子里的，烙在回忆里的，不论在异地生活多久，只要一听到乡音，浓浓的乡愁就会涌上心头，和说话的那个人打个招呼，道声“老乡”，就如同在他乡遇见了故人。

寻①隐者②不遇③

xún yǐn zhě bú yù

〔唐〕贾岛

松下问童子④，

言⑤师采药去。

只在此山中，

云深⑥不知处⑦。

sōng xià wèn tóng zǐ / yán shī cǎi yào qù / zhǐ zài cǐ shān zhōng / yún shēn bù zhī chù

·作者简介·

贾岛（779—843），字浪仙（一作阆仙），范阳（今河北涿州）人，唐代诗人。早年出家为僧，法名无本，自称“碣（jié）石山人”。他与诗人孟郊并称“郊寒岛瘦”。

·注释·

① 寻：寻访。

② 隐者：隐居山林之士。

③ 遇：见到。

④ 童子：指隐士的弟子。

⑤ 言：回答道。

⑥ 云深：山林深处，云雾弥漫的地方。

⑦ 处：行踪，所在。

·译文·

我在松树下遇见隐士的弟子，就询问了隐士的去处，童子说他师父上山采药去了。他只知道师父在山中，但是山中云雾缭绕，不知道师父现在究竟在哪里。

·推与敲·

贾岛还被人称为“苦吟诗人”，这是为什么呢？因为一件趣事。

贾岛作了两句诗：“鸟宿池边树，僧敲月下门。”他骑着驴边行边思考，是用“敲”字好，还是“推”字好，不停地做出推和敲的动作，苦吟不已，无法决断。他那时的状态有点像现代人边看手机边走路，不小心撞了人。可他冲撞的是当时做大官的韩愈。韩愈知道缘由后，不但不怪他，还帮他一起炼字，觉得月下静夜，“敲”这个动作有声响，让全诗的意境更加饱满，贾岛觉得太有道理了，就确定用这个“敲”字。

这件趣事成就了一首佳作，也成就了贾岛“苦吟诗人”之名。

· 弟子规 ·

“弟子”并不是指小孩，而是指学生、子弟；“规”是指行为规范、做人的道理。自汉武帝时期起，儒家思想成为中国古代社会的主流思想。儒家主张“仁、义、礼、智、信”，提倡“孝道”，许多古代启蒙读物都是以儒家思想为准则。《弟子规》就是传播儒家思想，弘扬传统美德的童蒙养正名篇。书中从孝、悌（tì）、谨（jǐn）、信、爱众、学文等几个方面，提出了弟子们在日常生活中应该遵守的行为规范，书中还有很多常识和典故，教育弟子们懂事理、明是非、知廉（lián）耻、辨善恶，从而拥有良好品行。

附录：

古诗词里的名句

儿童散学归来早，忙趁东风放纸鸢。

——《村居》〔清〕高鼎……2

知有儿童挑促织，夜深篱落一灯明。

——《夜书所见》〔宋〕叶绍翁……6

春阴妨柳絮，月黑见梨花。

——《旅寓洛南村舍》（节选）〔唐〕郑谷……10

白头波上白头翁，家逐船移浦浦风。

——《淮上渔者》〔唐〕郑谷……14

小荷才露尖尖角，早有蜻蜓立上头。

——《小池》〔宋〕杨万里……18

江南可采莲，莲叶何田田。

——《江南》汉乐府……22

乱入池中看不见，闻歌始觉有人来。

——《采莲曲》〔唐〕王昌龄……26

醉里吴音相媚好，白发谁家翁媪?

——《清平乐·村居》〔宋〕辛弃疾……30

大儿锄豆溪东，中儿正织鸡笼。最喜小儿亡赖，溪头卧剥莲蓬。

——《清平乐·村居》〔宋〕辛弃疾……30